創世紀詩叢

靈河

洛夫 著

獻給　聖蘭

題記

靈河宣稱出版，已是去年春季的事，時隔一年始遲遲與讀者晤面，個中原委不待細言，而向各位預約讀者及愛護我的朋友致歉，乃是必要的。

寫詩十年，除了在大陸丟失的一部份外，手中所餘的百餘首，本可出一本較厚的集子，但由於要求自己太嚴，僅選出卅一首輯成此集，而且這一部份詩並非全然圓熟，份量既少，品質又不太高，這是我深感歉疚的。好在這集子出版的動機是在將來台數年的作品作一個總結，留給自己作紀念，並就教於讀者，而主要的還在贈給瑩蘭作為她廿歲的生日禮物，故不論其藝術成就如何，「票房紀錄」如何，當不至於影響出版這個集子的本身意義。

我創作的態度雖然一向很嚴肅，但我自覺對詩並非一個絕對的死道者。我的人生是趣味人生，寓趣味於藝術，從藝術中求趣味。溯諸藝術的起源，我們當知道創作的動機完全是為了自我娛樂，自我欣賞，絕無功利意念存在，而藝術之能流傳下來，也就是它能滿足後人的興趣，故在效用上，它自與道德文章不同。時至今日，「文以載道，詩以言志」之觀念已嫌迂闊，「為藝術而藝術」尤顯得太含糊，所以如有人問我為何寫詩，無他，舒情遣興而已矣！雖然以往對寫詩也曾有過狂熱時期，但我始終對這門道未曾下過苦功，當然我也沒有大的天才，我只把握了一點，那就是任性的寫，老實的寫。任性與老實對我毫不衝突，任性就是在作品中盡量發揮個性，（自我意識），老實就是在形式上不矯揉做作，標新立異。藝術貴於創造，新詩尤然，無一定的格律可資摹擬，無一定的典範可供承襲，而內在的意趣與神韻尤無從學得，全靠作者的稟賦，學養，對人生的穎悟，對自然的體認，質言之，就是作者思想的含蘊與個性的發揮，任何文學藝術沒有這兩個要素存在，作品中便沒有生命的活力。個性（應包括性靈與性情），是人格的表徵，作品中所表現的無非是作者的整個人格。歷代許多詩人墨客創作過許多偉大的作品，但能流傳千古，永存史籍而不朽者，並不是文字，而是作者思想與人格（個性）的光輝的閃耀。個性是作者發自內心至情至性的流露，無從假借，也不可能選擇，而作品風格的形成，乃由作者人格的塑立與個性的展露，甚麼樣的個性必然產生甚麼樣的詩來，故嘗謂「個性決定風格」，個性才眞是作品的靈魂。

所謂天才，我認爲就是當內心與外物在感性上取得契合與統一時一種自然的高度的表現。神韻乃是由個性中產生的，但這種神韻往往容易被「技巧」所淹沒，所毀滅。技巧裝飾了外表，却也矇蔽了靈魂。所以一般初學寫詩的朋友，其最大的障礙即在難於讓自己任意的去寫，這就是因爲被格律與技巧所束縛，如有人仍主張「技巧決定一切」的話，那實在是新詩的一種危機，巴爾那斯派的路向並不可取。技巧是容易摹仿的，然作品的思想與神韻却不可能傳授。畫電影廣告的怎能稱作畫家呢？林語堂說得好：「文法教師之論文學，實等於木匠之論美術，評論家專從寫作技巧上衡量作品，就如一個工程師用測量儀丈量泰山的高度與結構」。即如我國許多舊詩人，像李笠翁，袁子才，以及北宋的黃山谷，均對技巧甚表懷疑，而深信作品中的神韻乃全由作者性靈之任意發展。曹雪芹藉林黛玉發表他的意見：「若是果有了奇句，連平仄虛實不對却使得的」。因此對於詩，我是一個極端的「個性主義者」，既不受束於形式格局，也不顧批評者的挑剔，放手的寫，大胆的寫，自然的寫，以興趣始，以興趣終，興趣就是我靈感的泉源。

今日新詩時爲一般人所詬病，認爲艱深晦澀，甚難體味，事實確爲如此。但我們如提高一層看，便覺得不僅不爲病，反而是藝術修養爬向高處，沉入深處的必然現象，創造高潮時期的必然趨向，也可說是有了思想基礎與個性高度表現時的結果。詩的難懂並不是一個壞現象，（當然其中也有少數是唬人的）

，因爲思想必須探測，個性必須揣摹，由於各人的稟賦，學養，思考力，聯想力，尤其對新詩應具備的一種特有的悟解性不盡同，自無法一時接受別人的思想與個性。所謂「難懂」，並非作品本身的難懂，而實際是由於作者與讀者的思想未能得以貫通，個性未能得以融注，正如學生考試時總覺得老師出的題目難，其實並非題目難，而是學生的領悟程度尙未達到難題的標準。相反的，如果一首詩在內容上僅是情緒的發洩，感慨的獨白，在形式上僅是鏗鏘有聲的韻脚，徒費苦心的排列，而無思想作基礎，個性作骨髓，那一定是空泛貧血，不耐卒讀的。至於作者爲了普及藝術的影響，是否就該寫得通俗淺顯點，我的意見是不必。當然通俗明朗也是一條創作路綫，但爲了保持作者一貫的思想尊嚴與屬於他自己風格的特性，作者不應該勉強自己，遷就讀者。我們是希望讀者來追上作者，以逐漸普遍地提高讀者的欣賞能力，同時這也是提高作品素質的一個積極方法。在「靈河」中也有一部份詩是會被人非難爲「難懂」的，我要聲明的是我並未企圖把詩寫成謎語，讓讀者去猜測而求自認爲「深奧」的滿足。「靈河」共分兩部份，前十首純然是爲聖蘭而作，屬於私自的感情，原不足爲外人道。至於後廿一首，是我從生活的底層掘出來的，誰的生活深度與我相同，就能激起共鳴，不過這種共鳴不是情感的，而是理性的默契，所以要冷靜的讀，因爲我也是冷靜地寫的，要有耐心地讀，因爲我寫一首詩幾乎要費一個禮拜思索的時間。

詩是否有其社會效用？實際上可以說等於零，詩固然有其「價」，但不一定有其「用」。曾有人問「靈河」中解說些什麼？隱喩些什麼？我的答覆是旣不解說什麼也不隱喩什麼，因此許多朋友都認爲拙作很空靈，如「海」，「我曾哭過」，「街景」，「危樓」，「夜祭」，「烟囱」，「微雲」等首，讀來頗使人有「莫知所云」之感。本來詩的境界是由「無」到「有」，再由「有」又歸於「無」，「無」就是大有，空靈就是實在，只是我的道行太淺，尙未完全進入「虛無」的境界而已。我喜耽於空靈與冥想，對外物喜作理性的考察，但極不願拙作中存有任何諷喩與哲理，諷喩是雜文家的事，哲理的闡發是哲學家的事，我只知道寫詩。故原擬納入靈河中的「相對論」，「拍賣行」，「棄嬰」等首，我乃毅然抽出，以保持這個集子的純粹性。所謂「空靈」，也許在我創作的時候未能完全把握住「外相」的客觀性而作更具體的表達，也許在塑立形象時未能在「心」與「物」之間，給讀者建立一個更易於體悟的聯繫，但並非言之無物，每首自有其嚴整的意象與眞實的內容在。拙作還有一個特徵，即每首都很簡短，一則覺得我沒有寫「史詩」的天才與耐心，再則我認爲短詩更適於含蘊，更易於完整。其實詩短又何妨？只要其中有思想，有個性，即使一行也有它的生命，也有它存在的價値。如果爲了湊篇幅而故作鋪張，正如不道德的商人，在一桶豆漿中滲一桶水，旣不經濟，又騙了顧客。

這個集子的出版是在冬末，而寫完這篇題記正値子夜，雖寶島四季如春，但早晚仍冷風襲人，眺望窗外寒星隱微，不禁感慨叢生，蓋處此亂世，大則狼烽正熾，國土未復，小則詩壇喧擾，爭奪日劇，靈河可謂生不逢辰，故對其評價我亦無所奢望，倘蒙一二詩友邀賞，並承懇切賜敎，則萬幸矣。我非全能，但爲了表達呈獻這個集子的誠意。諸凡編校，裝幀，封面設計，均由自己動手，然張默兄之友情鼓勵，功不可沒，曼路兄之木刻，一幷申謝。

洛夫於民國四十六年十二月十五日深夜

目次

（贈聖蘭詩共十章）

芒果園

（贈望蘭第一章）

這裏實在綠得太深，哦，園子正成長，
成長着金色的誘惑，一些美麗的墜落⋯⋯⋯⋯。

常穿過這片深深的覆蔭，穿過四月的芬芳，
我就聽見滿園菓子搖響像風鈴，
——彷彿一羣星子喊着另一羣星子的名字。

不要攀摘，青柯亦如你溫婉的臂，
　哦，望蘭，園子正成長。

飲

（贈聖蘭第二章）

用一根蘆管從你眼中汲取，上升，上升，
青脈就像一條新闢的運河，暢流無阻。

飲你滿身的光，你的神奇，以及完整，
十九歲少女的靨笑和淺淺的羞紅，
（你原是一隻潔白的翡翠杯子）

你使我陶醉，陶醉於你溫婉的訶責，
陶醉於一個至美的完成
以及一個諾言
你曾不許我告訴別人的。

你說要擁有一個茂密的果園，
散佈白玫瑰的御林軍，然後把我囚禁。

又用發光的秀髮編成軟軟的繩子，
綑我在熟透了的葡葡架下
這樣，我就仰臥不起，飲你的葡萄酒，
你的美目使我長醉不醒……。

紅牆

（贈理蘭第三章）

裡裡外外盡是一片氾濫了的春色，
院落深鎖，風雨吹不過這一堵紅牆，

兩棵無花菓樹隔牆對泣，
落着小雨的春夜需要醉。

我們掩藏在葉叢中的眼睛四處尋訪，
尋訪着雨天的一角清朗，我們啜飲着清朗，
這確實是成熟着愛的季節，梅雨淅瀝，
梅雨在爲我們加上一身燦爛的紫袍。

風雨未息，菓子釀製着醉人的憂鬱，
當我的核也像皷起輕翅的蒲公英，
御着風車，飄墜在你的裙子旁，
然後，我們夢的蹄音就得得而去。

紅牆擋不住兩棵無花菓樹的瞭望，
牆脚下我們已抱得緊緊，以愛的根鬚。

（附記）愛情原是特藝彩色的，很少有像我們如此寧靜，故我與聖蘭嘗以兩棵「無花果樹」自喻，但寧靜的只是情感，而我們的遭遇却是闊波壯瀾的，尤其我們之間聳立着一堵高牆，好在我們有根，紮得很深，在地層下我們可以自由伸展，擁抱。

禁園

（贈聖蘭第四章）

黃昏將盡，好一片淒清的景色！
門鎖着，
鎖住了滿園子的烟雨，
我要從這裡通過，走向聖火將熄的祭壇。

風在輕輕地搥着門，不敢掀啓，
我怕鴿子啣走了夢的餘粒……

這是禁園，霧在冉冉升起，
等暮色矇住你的眼睛，
然後，開始哭泣吧！
——落葉正在爲菓實舉行葬禮。

風雨之夕

（贈聖蘭第五章）

撐着一隻無蓬的小舟，風雨淒遲，
纜斷了，我迷失在茫茫的江心，
而且，暴雨即將冲垮夢的長堤。

遞過你的臂來吧！聖蘭，
我要進你的港，我要靠岸！

我是從風雨中來的，
腕上長滿了苔蘚，哦！讓我靠岸！

爲我燃起你愛的壁爐吧！聖蘭，
再把窗外的向日葵移進房子，
它也需要吸力，亦如我，
如我深深地被你吸住，緊住。

（附記）民國四十五年端陽節，佳節思親，人之常情，唯羈旅海隅，無親可探，孤寂難耐，乃攜粽子數枚往訪聖蘭，途中忽逢大雨，滂沱，遍體濡濕，承聖蘭以乾毛巾爲我擦拭。（豈僅是乾毛巾而已！）其實，處此風雨飄蕩之亂世，誰都需要一塊乾毛巾。

靈　河

（贈聖蘭第六章）

我幾時說不來的？
我不叉在鳳凰木上懸垂着滿樹的紅燈籠，
還有你愛着的靜靜的風。

你與鳳凰樹並立，並立於我風雨的階前，
閃耀着愛的蠱惑，我不敢仰視，
你們都是來自太陽的天涯。

汲飲着葡萄的紫，芒菓的青，
以及你眼睛的流泉
　流自那條長長的美麗的靈河，
我就知道五月是一個哭泣的季節。

風吹過來，揚起你的裙，你的淺笑，
——那小小的夢的樓閣，
我將在這裡收藏起整個季節的烟雨……

海

（贈聖蘭第七章）

海的風貌清朗，雖然有些人並不這樣想，
信天翁也不這麼想，哦，那落日
當落日從你那窄門裏退出，而我正待整冠而進。

那衆多的島，那鬱鬱的常綠的棕櫚是你的臂，
環抱着居無定處的雲彩；你與時間同在。

雲彩只是灰塵，我乃爲愛而來，愛不是雲彩，
但你賜給雲彩以洞灼萬世的光華，我心中不再幽黯
我將與你同在，如我能得到你的垂顧。

有時他們把你當作諂媚之城，
你的眼睛是一扇門，閃爍着蠱惑的光，
以幻景召引我，星辰照耀我，夜潮呼我的名。

於是，我將影子留在陸地，走上你的階台，
我奔向你，在一個有月亮的晚上。

哦，在一個有月亮的晚上，
你以全身的光華洗我玷汚的額，濯我傖俗的足，
我便滿足於那榮耀，那潔白，潔白如雪。
而且我再不匱乏，我願與你恒在，
當落日盈盈下沉，我便站在巖石上揮手向世界告別。

城

（贈聖蘭第八章）

尋訪你，星子在前面領路，
就這樣，我赤裸着，帶着棕櫚枝，闖進你的城。

沒有陰謀，沒有攻城的雲梯，
我是規規矩矩從正門而入的，
我還聽見你在騎樓上呼我的名，
以兩盞宮燈迎我，照我的臉。

來自荒漠的天涯，飢渴如焚，
先讓我掬飲一杯清泉，
——清泉涓涓，流自你那盈盈的靈河。

從不接受封贈，赤裸的本身就是榮耀。
（我來是爲我們的聖名加冕）。
但願掌管那把青銅的鑰匙，黃金的琴，
　　夜夜讓我們把愛的菓園經略，
琴韻如水，載走了我們夢的輕舟………

故事

（贈聖蘭第九章）

今夜，相思樹又在屋頂上幽咽，
我夢不到巫山的烟雨。

還是躺下吧！聖蘭
讓我講一個故事，從前……
（我輕輕觸她的臂）
也許太久遠了，
有一個人，蓄着小鬍子，
（我凝視她的眼）

攜着一架六弦琴，夜行緊身打扮，
刷！縱身躍過紅牆。

（我抬起她的下顎）

想偷吃禁園裏的紅石榴。

（我舐舐舌頭）

故事結束了……

（她揑我，哎喲！）

石榴樹

（贈聖蘭第十章）

假如把我們的愛刻在石榴樹上
枝椏上懸垂着的就顯得更沉重了。

我仰着躺在樹下，星子躺在葉叢中，
每一株樹屬於我，每一顆星屬於我，
它們存在，愛便不會把我們遺棄。

哦！石榴已成熟，這美的展示，
每一個裡面都閃爍着光，閃爍着我們的名字。

四月的黃昏

是誰偷取了老畫師的意境，這一窗風雨，
牆上的那幅山水又隱藏了一份醉意。

每隻眼睛都在閃動，每片葉子都在凝定，
閃動而又凝定，亦如那子夜靜靜的星河。

當教堂的鐘聲招引着遠山的幽冥
一對紫燕啣來了滿室的纏綿，滿階的蒼茫……………

踏青

吹着一些風，白楊遠遠地搖着迎接的臂，
你來了，來拾取溪澗的花影，墓地的哭聲？
再不要走過那些小徑，那些寂寞的橋拱，
你早在那裡踩下了脚印，埋下了冷清。

天空遊行着年青的太陽，樹上流着綠色的風，
有人在林子裡採集成熟的春色，
有人在樹後窺探蜂與花草的祕密，
而你醉臥溪畔，想用手撈起流水的嗚咽。

那隻斷了綫的紙鳶早已乘風歸去，
你還在仰望，手裡捻着一個飛不起的戀……

注滿一杯酒，舉盞向微笑的晴空祝福，
翺翔的雛燕在春風裡畫着一個個生命的圓，
時間的驛車已轆轆遠去，讓死亡的死亡，
聽！深山在向你發出了嚴肅的召喚！

我曾哭過

三月的陽光緊纏着長春藤，纏着也笑着，
記憶的河床裏淤積着泥沙，我曾哭過，
我的眼淚是從陽光的笑中來的。

昨夜，噩夢壓我的胸脯，冷汗涔涔，
風用舌頭舐我，以歁歁的脚踩我，
星子們從窗間窺伺，不肯把我搖醒，
沉落，沉落，冉冉地直墜無底的深淵，
像一隻祇往黑夢裏鑽的盲目的蝙蝠。

晨起推窗小立，問青山菓實幾時成熟，
青山僅答我以伐木的叮噹……

布谷鳥啣來綠色的陽光，叢林裏有隱隱的笑，
情緒的河床裏氾濫起春潮，我曾哭過，
我的眼淚是從隱隱的笑中來的。

淚眼閃爍，明天我又要出遠門，
帶着詩的獵槍到春天裏去旅行。

（附記）此詩所表現的是一種矛盾的情緒，大凡人歡笑時常見淚影滿頰，然今日强作笑臉而暗自流淚者，亦大有人在，故時代的苦悶，際遇的坎坷，極易使人成爲盲目的蝙蝠。唯此詩並無消極之象徵，因爲我們還有明天。

小樓之春

以暮色裝飾着雨後的窗子，
我便從這裏探測出遠山的深度。

每一個窗格裏嵌着一角幽冷的記憶，
像春蠶，我自縛於這猶醉而未醉的夢影。
這小樓曾收藏過三月的風雨，
於今，我却面對蒼茫哭泣那滿山的落紅。

（不是爲了死亡，
而是爲了新的成長）

燭火隱隱，壁上畫幅裡的青煙繚繞，
唉！又是簷滴，滴穿了長廊的深沉
沒有留下一句話，燕子將歸去
遠行人惦念着陌頭上的楊柳。

街景

常在其中，一粒砂塵的存在，
我的渺微是因爲大海的滔滔？

戴着寬邊草帽的航海客，
找不到一座島，島浮游在呼嘯的遠海，
在向遠處伸展的尤加利樹的柯枝上，
原想繫上那隻小船，載着一艙青天；
但不能，我怕潮水把意志的纜冲斷。

找不到一座島，我就是島，
這裏有衆多的島在浮起，又沉沒……

兩棵菓樹

世界的園林，只栽了兩棵綠色的菓樹，
一棵結着信仰，一棵結着愛。

於是振起希望的翅膀，我自居爲這園子的主人，
於是我編起荊棘的籬笆，以血汗施肥。

我曾吹着短笛，到海外尋求殞星的葬地，
我曾裸露身體，在智慧的海灘檢取貝殼。

當我步過那些軒昂的建築，古老的聖殿，
我老聽見許多聲音中閃着痛苦的淚，愛的火。

那些用私刑拷問別人，用酖酒毒害別人的，
那些在紅色的河流上建設血腥的宮殿的。

警告你，讓我以最深沉的語言警告你：
菓樹已懷孕，我卽將收穫成熟的金蘋菓。

一隻瓶

我早知道你曾有一隻古老的瓶，
裡面盛滿了沉濁的酒，甜甜的愛情，
醉的日子，只嫌世界太狹隘，
因爲你已將自己裝進了瓶子裏。

一尾童眞的魚，
你把瓶當作海。

不知甚麼時候驚覺瓶裡盛的只是水，
你便頓足搥胸，發狠一脚將它踢碎，
而當瓶破水流，探首向外張望．
你發現自己只是從另一個世界夢遊歸來。

這島上

聖島上，這裏有神奇的無名樹與綠眼睛的葉，
根鬚的觸角伸向岩石裡，探索時間的奧義，
林間隱伏着也激響着的是生命的流泉，
我曾匍地掬飲，亦如心臟之吸取血液。
當飛鳥輕快的翅膀吻着那將沉落的星辰，
在島上，我將迎接朝陽，迎接海上的歸帆。

當我知道落葉祈求埋葬是爲了土地的富饒，
我再不在午夜啜泣，在海灘上尋覓淡淡的殘陽，
再不吹弄那支笛，因悲傷已不在我眼裏棲息。
摔碎那塊在暗室專爲自己畫像的調色板，
檢點行囊，默默數着征衣上的砂粒，
如種子在地層下細數着復活的日期。

殞星

劃亮眩眼的光輝，無聲的墜落塵埃，
曾遊過時空的河流，飛越過風雨的羣山，
你原是一個專演悲劇的角色，
像遠古的英雄到海外尋求慷慨的死亡。

雖僅閃爍過瞬息的光華，
但在時間的長流中你已永恒，
亦如愛者的貞操，智慧的詩篇，
任憑宇宙多變，你我永屬同源。

危樓

我負荷着世界又走進了世界，
如一條無肢的，冷冷的眼鏡蛇，
羞怯的，而又昂昂然的游行在這矗立着的，
一座座危樓的陰影下。

傾斜的，深蒼的城堡形的，
熟悉得亦如湮沒已久的彭貝城
陰影覆着，我仍矗立，矗立於死滅的接境。

曾攀登危樓之頂，四顧蒼茫，
這裡觸摸着深空，擁抱着宇宙之核心，
它佔領我生命整個的空間，我仍矗立，
因受感應，我便從塵烟滾滾中騰升。

吹號者

我曾用號角戰鬥，這仁慈的呼喚！
愛與理性的旋律在草原散落像旋風。

霧的深林，落日的海上，
我吹醒了黎明，吹開了星星的眼睛。

我不是聖哲，稅吏，或者審判者，
但號角聲裏有法律及尊嚴的語言。
不是唱好聽的歌的夜鶯，而是布谷鳥，
聲聲催促着信仰與愛的種子植根。

這金屬的鏗鏘如瀑布從人們心底流過，
於是，軟弱者變爲岩石，匍伏者躍進！

不配讚譽爲和平使者，或駡我戰犯，
我只用號角戰鬥，這仁慈的呼喚！

生活

嚼着五毛錢的尤魚乾，
這條路我走得好吃力。

黃昏，落葉掛來冬天的電話，
說太陽要打瞌睡，院子裏要裝滿冷夢，
在淡淡的霧所統治的十一月裡，
連唆使女人偷吃菓子的蛇也要睡了。

摸摸口袋，今年該添一襲新的藍布衫了，
我不能讓熱情再一次押入當舖。

昨天，雲很低，朋友向我索酒，
他說醉後窗外的天會變得很高，很藍，
然而，唉！抽屜裏只有賣不掉的詩。

我羞澀地關起窗子，任北風訕笑而過……

（附記）尤魚乾猶如曹阿瞞之「雞肋」，食了無味，棄之可惜，生活就是這麽回事。詩人的「我」，實際就是大衆，不過詩人更能瞭解生活罷了。
此詩曾有人謂爲新月派之變體，開玩笑！

向海洋

——送張默出發海上

陸上太貧瘠，陸地上收穫的盡是些蒼白的記憶，
於是，攜着滿匣子的夢，炙熱的思想，
你到海上去蒐集風雨的語言，雲霧的形象。

朋友，去啊！我以滿盈的聖杯為你餞行。

上帝曾在海上顯示過神奇，海是愛的礦源。
感受了那巨浪，苦澀的泡沫以及難耐的昏眩，
因而你懂得了自然的奧義，你的詩也燃燒。

朋友，去吧！我以滿盈的聖杯為你餞行。

海洋創造了無窮也奉獻了無窮，
在那裏，你可向海底撈星辰，向魚族索愛情，
在那裏，你沒有甚麼遺失，只有獲得。

朋友，去啊，我以滿盈的聖杯爲你餞行。

選擇你所愛着的，捕捉你所夢及的，
但，不要對海鷗傲慢，獻出你所有的，
因你們已屬於同一領域，同一時間與空間。

朋友，去吧！我以滿盈的聖杯爲你餞行。

（附記）詩人張默爲我好友，其人熱忱認眞，益我良多。民國四十五年×月×日，他奉命率隊出發參加海上戰鬥，該時適我窮困已極，無以餞行，秀才人情紙半張，乃成此詩以贈。聖杯者，聖潔友情之祝福也。

我來到愛河

尋覓一把失落的鑰匙，我來到愛河，
捻熄了手裏的燈，隱隱聽見星子墜落的回響。

河心的遊艇載滿了一艙又酸又澀的記憶，
夜裏有冷冷的鐵欄杆僵立着，好瘦的腿！

兩岸來往着一些男人，一些女人，
河底有冰涼的月亮，沉澱的爛泥。

再沒有人在橋上吹簫，風在嚎着，
也再看不到那些女郎將花瓣拋向流水。

一陣陰風吹碎了水面的月亮，羣星顫抖！
我猛然看到那邊又浮來一對死烏鴉！

歸屬

——寫給自己廿八歲生辰

不要問我秋天到春天之間的距離，
我只是一株隱花植物。

別撩撥了，朋友，餘燼尚溫，
讓我就這樣子靜靜地睡一覺。

伸出手掌，流星一個個從指縫間漏過，
哦！洛夫，你原是一個偉大的夢遊神。

上帝用泥土揑成一個我，
我却想以自己作模型塑造一個上帝。

因此有一天，當我再度與泥土結合，
我才懂得死亡並非一個最美的完成。

夜祭

夜，該是死過千百次的了，
要不，風爲何這麼悽厲的嚎着，
而寒星們又個個地眉開眼笑。

曾鵠立通宵，冷冷地，每一株樹都是我一支臂。
夜，該是我所喜悅，所歎服的。

我是一座夜的森林，哦！千年的風雨，
吹不進這一片蒼茫；卽使——
聲音絕滅，星辰碎落，卽使
月亮像一盞從墓地裏走出來的燈籠。

你的睫毛深鎖，葉子不再閃笑。
葉子覆蓋着我，我不忍抹去，
蔭影落在臂上，我不忍抹去，
我樂意爲夜披上一襲黑紗，因爲
每一株樹都是我的一支臂。

烟囪

矗立於漠漠的斜陽裏，
風撩起黑髮，而瘦長的投影靜止，
那城墻下便有點寂寞，有點愴涼，
我是一隻想飛的烟囪。

俯首望着那條長長的護城河，
河水盈盈，流不盡千古的胭脂殘粉，
誰使我禁錮，使我溯不到夢的源頭？

宮宇傾圮，那騎樓上敲鐘的老人依舊，
鐘聲清越依舊。

我想遠遊，哦，那長長的河，那青青的山，
如能化爲一隻凌雲的野鶴，
甚至一粒微塵，一片輕烟……

而今，我只是一片瘦長的投影，
——讓人寂寞。

（附記）去年秋天某日，向晚小立窗前，無酒無烟，連聊天的友人鬼影子也不見一個，眺望遠處一隻瘦長的烟囱在夕陽中矗立，寂寞亦如我。它固不能離開它的空間，而我又何嘗能擺脫這個世界！於是，在情感上，我就是烟囱，在感性上，我與烟囱合一。寫此詩前，我失眠整夜，詩成，竟泣不成聲矣。

冬天

園子裡的桂圓樹，開花，擾亂情緒的
我把它砍下，然後劈成小塊投進了爐子，
這是去年冬天，以及半個春天裏的大事件。

隔壁的掃葉老人背着我，說一些聽不懂的壞話，
鳥雀們譜成曲子駡我，啄我那正成長的玫瑰，
而太陽埋怨是有理由的，沒有樹，落日將失去遮蓋的美，
沒有果子，使顯不出它存在的完整。

（這些，我都記在日記本的十三號裡）

今年冬天來得早，冷風扯我的髮，咬我的脚，
深夜惦念起那些從南方來的旅人，以及野店，
於是，我把日記本塞進了爐子，
讓烤火的人去恨自己。

微雲

棲息於南山，那時，我曾與你伴遊，
我們都久久嚮往那一點輕盈，一點神奇，神奇中的杳茫，
飄然而去，不知所止。

你乃是我正愛着的穿素裙的女子。

冷風揚起你皙白的臉，不施鉛華，向大地投一抹微笑，
光的透射，影的重疊，你飛過便帶走一天星月，
超越時空的浩瀚，塵寰的榮耀，無心，無慾，你當無所羈留，
只是你不願捨棄那羣山，那危巖，即使——
高處不勝寒。

世上沒有你的家，蓬萊島上的仙樂處處，你該歸去，
但你却喜歡遨遊，以無涯逐無涯，自在而不羈，

歷千古浩刼無損於你的貞潔，悠悠盪盪，如淸風擁抱明月，
不羈，不朽，永恒的存在，眞實的虛幻，無所生長，何從幻滅？

我恆向你仰望，
那裏有你的軌跡，你的實體？你只射我以逼人的光華，
從虛無到虛無，正如我來自紅塵又歸向紅塵，
向你仰望，穹蒼無際，你正把我引向無際。

就這樣，我把自己焚燒，
遠處的火，哦！那閃閃的靈光，我乃化爲一縷烟，一片虹，
本身沒有光，赤裸亦如我，謙卑亦如我，
冉冉升起，我們便同赴太陽的盛宴，

然而，醉無歸去，我悄悄獨立蒼茫.
還有甚麼依靠，還有甚麼企求？
我只愛你那一點寧靜。

有人從霧裏來

有人從霧裡來，穿過那無人的院落
霧也跟着進來，長廊盡頭的窗口點着燈。

摘下風帽，合着影子而臥，
他縮着躺在床上像一支剛熄的烟斗，
帽子就是餘燼……

晨

把一枝聖誕紅插在霧裡，想必就是調合的原理，
這是十二月的早晨。

而且，有人預知
當朝陽照臨，冬天便有一份深深的寧靜，與乎喜悅，
不可抗拒的只有那引力，我呼吸着引力。

霧，漫步而來，
我聽到泰晤士河畔輕悄的馬蹄聲。

還向未來祈求甚麼？一切該已滿足
那塔頂的星子還在，巍峨還在，長空的蔚藍亦還在，
我乃拾級而上。

創世紀詩叢

中國新詩選輯……集體創作
聖門集……李冰著
靈河……洛夫著
春燈……瘂弦著
菓樹園……張默著
綠屋詩抄……林間著
新詩評論……張默著
何方詩抄……何方著
堀口大學詩選……葉笛譯

本詩叢中之「中國新詩選輯」現已售完。「聖門集」及「靈河」業已出版，全省各大書局均有經售，每冊伍元，并歡迎向本社函購。又「春燈」「菓樹園」「綠屋詩抄」「新詩評論」「何方詩抄」「堀口大學詩選」等六種，均預定於四十七年內先後出版，每種伍元，歡迎各地詩友踴躍預約，並以七折優待。

靈河

經典復刻2

作　者：洛　夫
書　名：靈河
主　編：封德屏
整體設計：翁　翁
美術編輯：不倒翁視覺創意
金石篆刻：陳宏勉
排版印製：松霖彩色印刷事業有限公司
發行單位：文訊雜誌社
資料提供：文藝資料研究及服務中心
電　話：（八八六—二）二三四三—三一四二轉一〇一
地　址：台北市中正區中山南路十一號B2
定　價：新台幣三百五十元
出版日期：西元二〇一九年二月
ＩＳＢＮ：978-986-6102-40-00

靈河・復刻版號：